月光叢書＊01

佐久間章孔歌集

洲崎パラダイス・他

皓星社

カバー写真　八木澤高明
装幀　栗原奈穂

洲崎パラダイス・他　＊　目次

I　洲崎パラダイス

ぶらんき

1

耳に残る此の世の声の愛おしさ君の背中にもっと日暮れを

耳を咬むそれからやさしく首を咬む喉咬む夢咬む日暮れとなりぬ

黒く塗ればここは地の果て夜の果てどんな夕陽も届きはしない

黒い穂をきゅるきゅる抜いた　わが日々を革命しようとそうさ何度も

正月の越村次郎胃腸病院ラジオから白根一男の歌が流れて

紅きほほをラジオに寄せて目を閉じて准看護婦の夜が始まる

住み込みの調理女が粥を炊く七分二分三分　あれは母上

少年は北窓に寄り日常を逃れようとて本読むばかり

貧しくもけなげな母子《ははこ》黙々と飯食うさまを傍目に見れば

うっすらと埃のかぶった電球が黄色かったよ　六十年安保前年

2

ぼくたちは永久反対運動装置　時代遅れのハモニカ吹いて

茨城のこおろぎ革命　月の夜の鬼怒川堤で泣いていたひと

陸奥《みちのく》の風花《かざはな》革命　朝冷えの井戸辺に髪梳くはじめてのひと

哀しみは６・７０年代より来るかな　また重ねあう影のまぼろし

暗き夢を若き言葉に語り合い別れの握手は指折れるほど

かかる日の冷えた指先　さくさくと想い出づたいに歩いておれば

明日こそはブランキ殺し　朝靄の香につつまれて死ねよブランキ

マルキストブランキストにナショナリスト雁首揃えて死ねばいいのさ

3

赤格子裏黒格子恋格子閉じ込められてしあわせになれ

綿火薬の製造法のなつかしさ額にぬるりとヤバイ汗流れ

少年よ叛徒たらんと決意せよ　自在に生きる何時かのために

そののちの村の石垣彼岸花、咲いても散っても痩せても枯れても
滅びとは心地よきものの縁側に西陽てらてら干し柿あかく

たちくらむ戦後時間のその果てをあたら笑顔で　余生というな
否定する論理も死んでなにもない俺の背中にもっと日暮れを

1　故郷

鬼怒の里に月出《いづ》るころ川番の小屋の戸が開く　暗く軋みつつ

後ろ手に戸を鎖しつつ出《いで》てゆくあの人影は父かもしれぬ

兎飼う村の外れの苫屋まで一里がほどを歩いて通う

竹屋後家が風呂を奢って待っている荒れた指さき気にかけながら

ご馳走は月に一度の稲荷寿司みっつ並べてこれは陰膳

去りゆくは雲のさだめか夏のままの麦わら帽子で北へゆくのか

「尋ね人」のラジオの声の懐かしさうなじをたれて知らぬ名を聞く

2

荒れ土の開拓道路のぬかるみに靴を片方取られて泣いた

自転車の錆びたチェーンを替えたくて兎を全部売ったさ　ごめん

極彩の月刊雑誌の付録など長持いっぱい溜めていた姉

鬼怒の土手にかぜかぜふけよ見返れば芒の向こうに陽が落ちてゆく

麦笛がうまく鳴らない　父も母も隣村から帰ってこない

このむねにむなしくいまも渦巻くは鬼怒の支流のあの片流れ

自転車

1

無駄に若くそして無意味に美しくただざんざめき通り過ぎてゆく

汗ばんだ肌と肌とが触れ合って祭のような密集隊形

耳元に月のない夜のさざなみが寄せては返しよせてはかえす

あれはきっとあなたが壊したガラス窓灯火《ともしび》もなく歌声もなく

やさしすぎる歌を歌おう　もう一度余計なことを思いだすため

居なかったとても不運の少年が地軸を少し歪めて廻す

大陸から寒い季節を呼び寄せて凍えてしまえば楽に逝けます

寒い夜は広場に屋台を　バラライカ鳴らし踊ろう　主義は死なない

2

故郷は海の底まで落ちそうな坂道ばかり　風が落ちてゆく

三月の優しき雨に濡れながら走り抜けてゆく列のまぼろし

あのひとの黒い手帳の暗号が解読できない　革命なのに

三日月を折ってしまって　きみたちは残る闇夜を悔いているのやら
真っ白な雨があなたを包みますやさしく月日が溶けて逝きます

いまはもう誰も知らないあの町をくるくる廻る空の自転車

騒ぎ過ぎたいつかの夏の形代の膝だけ薄い細身のジーンズ

放浪の予感に震え手に取ったインド旅行記　まだ持っている

何事も準備はしない　いつまでもわからぬままでそう、このままで

歳月をどこに埋めたらいいかしら指を絡めて姉がささやく

1　鉄路

歌声すぎゆきわたしは残る　この位置にのこり続けて一生終わる

通り過ぎるシュプレヒコールの懐かしさ革命前夜の予感の暗さ

闘いは四方八方に沸き起こりあとかたもなく行方知れずに

首筋に余情の残るしぐさしてしかもふりむかぬ　時代は悪女

歌姫は永遠《とわ》に凛々しく喉を上げ来ない明日《あした》を呼び続けるよ

橋の下で空をみあげる猫だったかりかりかりかりと爪とぎながら

昭和三十四年の狩野川の春真昼、遠くへ行けない少年の汗

2

西伊豆に蜜柑の花が咲いている艦隊造反の夢をみながら

あのひとはだれだったのかあのときはじぶんがなにかも知らなかったが

出発の年齢過ぎてする旅は鉄路の錆と揺れるコスモス

じかんいがいなくしたものなどないけれどいまもゆれている深夜特急

戦後詩にどんなありばいがあるのだろううす暗いのにさんぐらすして

贅沢は昼の光でする読書月のひかりに戦《そよ》ぐ追憶

1　約束

北上に待宵草の揺れる夜、誰にもいうなと肩を抱かれた

あの夏のすべては二つの死であった見知らぬ月が見下ろしていた

この先がみえているのか転校生？　おれたちだけの秘密つくろう

怖れずに立ち向かうのだ手始めはなんでも怖いがきっとできるさ

胸を病む出戻り女の洗い髪見知らぬ世界があやしく匂う

井戸端で髪梳くあなた、ヘアピンを噛んだくちびる、冷たい目をして

早熟の男子二人が月に舞う謎のあなたに手招きされて

ていねいに導く指よ　なにごとかわからぬままに高鳴る血潮

二人とも肌がきれいとつぶやいて裸電球を消さないあなた

精悍なあいつのあの夜《よ》の日焼け顔あのひと挟んで足が触ってた

2

次に訪ねた時、そのひとは死んでいた

こわごわと綱に手をかけ暗い声で「足が冷たい、降ろしてやろう」

もう泣くな覚悟はいいか転校生、なにがあっても戻れなくても

その夏、父も倒れた

骨壺が和服の膝でゆれているただ揺れている布の白さよ

3

学帽が夜汽車の窓に映るから闇の向うの明日が見えない

もの言わぬ母子《ははこ》を乗せてあの頃の夜汽車が走る　今もどこかを

かの夏に終わっちまった少年がいままで守った約束だけど

あのことは誰にも言うなという声が聞こえてくるんだ北の方から

洲崎パラダイス

1

場面から場面に移る追憶のその中心でうつむくひとよ

シナトラよりやさしい声で告げたかった夏の日暮れはこれきりですと

まっ白なエナメル靴を這い上がる蟻を観ており　うららかな日に

ブローカーと呼ばれた父よ　その指に蟻をつまんで途方にくれて

この妻と幼いこの子をどうしよう、相場が荒れて貯えはない

2

眼を閉じれば関八州いまもなお光あまねくやすらかなるを

傍らをジャズが流れておりまする若きこの日を見守りたまえ

傷一つ治らぬままに春がゆく遠き未来の老いたる春が

サバンナを駆ける夢から醒めてなお水飲みほしている六畳間

てのひらに収まるほどの熱情を後生大事に持ち歩くのか

ステッキに麻の背広の三つ揃え写真の父は遠き眼をして

3

軽い杖が手に入ったので来ましたよ消えてしまったあの日の町に

ありし日の白木屋デパート錦糸町店、母と見まごうあなたの右手

屋上の風に吹かれて揺れていた父が愛しむ花街のひと

横顔の汗に張り付く黒髪を指で掻きあげ薄い眼をして

貯水池の筏にとまるしじみ蝶、木場の匂いがそんなに好きか

前をゆく麻の着流し懐手、半歩遅れて浴衣の女

本当はあなたが私の母でしたか？　いまさらどうでもいいですけれど

あの町は陽炎のなか　バラックの低い家並と白い埃の
居酒屋の泥鰌の汁の懐かしさ三人並んで暖かかった

恋しきは輝く洲崎パラダイス「ぼうやごめん」とネオンも滲み

Ⅱ　ニッポン

日本的なものへの回帰！　それは僕等の詩人にとって、よるべなき魂の悲しい漂泊者の歌を意味するのだ。誰れか軍隊の凱歌と共に、勇ましい進軍喇叭で歌われようか。かの声を大きくして、僕等に国粋主義の号令をかけるものよ。暫らく我が静かなる周囲を去れ。

萩原朔太郎「日本への回帰」

舞神

1

痛む四肢でいとかろやかに廻ること　舞神として老いてゆくこと

燃ゆる火を踏みつつ踊れ荒舞を舞初《そ》めてよりはや幾年《いくとせ》

桑の枝《え》の弓を弾いてひと踊り秋津が此の世を見下ろしている

繰り返し戦《いくさ》は我等を押すだろうそっとかすかにやがて容赦なく

足首は年々硬く　戦場《いくさば》は年々遠く　誰も帰らぬ

篝火に亡き神の影が揺れているゆらりゆらゆらただ揺れている

2

おとうとよ目隠し鬼を買って出て、そう、さりげなくわたしを探せ

この姉をひしと摑んで引き寄せる　前よりずっと大胆ですね

弟に背中《せな》あずけて身を反らす誰よりも甘く鈴を鳴らして

まなざしと指の返しのずらしかた歳月はただそれだけのこと

1　埋神

愛おしき異類の神を殺めしは渓《たに》の瀬音が高鳴る夜更け

小刀を逆手に替えて一息に小暗き喉《のみど》を掻き切りにけり

切っ先の紅を拭きとり目を閉じる　海原千里越え来しものを

月光に濡れて涼しき滑石に屍《かばね》を横たえ唇《くち》に清水を

外《と》来《つ》神《かみ》の運ぶは不浄の業《わざ》ばかり邦を傾け民を惑わす

2

鳥が運ぶ流行り疫病《やまい》にさも似たり　人は衰え山河も荒れる

防人《まもめ》り女は邦の宝か捨て石か研いだ刃《やいば》を帯に隠して

漂着の美貌の神の若ければ拝みうちにぞ弑したてまつる

たいせつのものを捧げておりまするどうかお恨みくださいますな

とりかえしのつかぬ月日を飾るようにほとりほとりと花が落ちくる

光る雲の彼方にわたしはなにを見る黄泉の闇こそ似つかわしきに

3

いまさらに若き願いが身をせめる埋《うず》めし神が夢に顕ちくる

身の末は落葉の谷の神守《かみもり》か肩を落として木漏れ日のなか

あの峰の向こうは蒼きわが母郷やさしき風が背を押すところ

海中《わたなか》に長く連なる島なれどみだりに深く入りたもうな

まれびとは花に埋もれて産土の神となりたもう　惨殺なれど

1　戦神

二番目の夢だけ叶えるあの神が目を細くしてこっちを見ている

いつの世にも見守りたまえ巫女のするせつな刹那のよしなしごとを

密事《ひそかごと》はいのちの証し　忌み日にも禊の夜にも言い寄るあなた

戦舟《いくさぶね》が海の向こうで燃えている押して渡れと告げたばかりに

月明かりの井戸辺に蒼く髪を梳く水音寒く膝を濡らして

水に浮かぶ月を掬えば神々が指から零れる　季節が毀れる

2

いのち終えてゆうらりゆらり蝶が逝く昨日の菫もまだ咲いている

曲がりゆく光に沿って翔びなさい今来た道なら忘れればいい

形代にあなたの名前を書き添えて暗い流れに押しやりました

荒れた爪が触らぬように掌に捧げ持ちます　どなたの魂か

3

冬ごとに藁人形を燃す慣いどの人形《ひとがた》も兵の身代わり

風のない夜更けに影が揺れている帰れぬお方の御魂のように

過ぎ往ける月日は無情の戦神わが胸《むな》うちを吹き抜けたもう

境神

1

汽水域に潜むあなたを夢に見る湖《うみ》にも海にも翳りはなくて

吉凶の境は何処　この胸を逃れて行ったわが神いずこ

一陣の雨が通りすぎて行く岸辺の民の髪を濡らして

夢だけを映す鏡の縁飾りに指を這わせて暗がりに居る

雲厚く星見えぬ夜の暗闇に彼岸此岸が溶け合っている

2

境神が留守をしているその隙に時間の切れ目を埋めてしまおう

葉境にとかげ色した神がいる梅雨の晴れ間の光を受けて

ひっそりと境を越えてゆく人に囁いている繊《ほそ》きほそき雨

天地

1

見渡せばここは夢見る天地《あめつち》ぞ火を吐く峰に春の雪が降り

月出《いづ》る峰の彼方を目指せどもただの一人も征きて還らぬ

禍つ神散りたもう神祟り神鎮まりたまえ人の世が来る

列島の湿った森のその奥の小《ち》さき虚ろの名も無き魂《みたま》の
山の辺に影などぽつぽつおわします傍らにぽつり水仙の咲き

峠まで続く灯しが揺れている風もないのにまだ揺れている

歳月を殺めたのはあなた　寒々と時の終わりの雉が哭きます

島唄を口ずさみながら消えてゆく若き神々の後姿や

2

果てしなきさすらいの果てにあるという常世の邦にあらずやここは

笹の葉を鳴らして通る　現し身にせめてひと時触れゆきたまえ

とこしえに夏に移らぬ春である山神《やま》の伊吹が背に寒ければ

早春に閉じ込められたわたしたち熟れても堕ちても渓《たに》のふところ

指笛の指をください　昼も夜も肌身離さずあたためまする

いにしえの神に祈らん　わが流す夜明けの涙に宿りたまえと

無言神

わが神を祀ればば湿る掌《てのひら》よただ姦《わたくし》の匂いをさせて

鈴振れど鈴の音にぶく消えゆけり舞えど歌えど神に届かぬ

お言葉が遠く掠れて聞こえませぬ無言神《もだしがみ》など祀りませぬぞ

憑代のこの身を忘れたもうたか言霊降りねば世が乱れます

生き恥をさらして待てどこの胸に深き御声は二度と届かぬ

足元の砂が崩れてゆきますするさらさらさらさら崩れくずれて

寒々と神なき荒野　縋っても突き放しても姦《わたくし》ばかり

鬼神

降りそそぐ星の真下の丘のうえ風を震わせ鬼が哭いている

死んじまったよう消えちまったよう自分で勝手に壊れちまって

昔々明かりも薄い村はずれだれかの願いが俺を呼んだのに

独り鬼またひとりかよ　そうともさ星のきれいな地球の丘さ

噎せ返る昨日の闇の坂道を鬼が降りてゆく　両手を廻して

1　喪神

神々は隠れませせども歌うがごとく祈りは残る　花は菜の花

黙《もだ》すための言葉を下さいわたくしが赤い道化師にならないように

苔光る洞窟の隅でうら若き母たちがつぶやく　我が子おそろし

目を伏せてしんしん沁みるいきさつを遮断しているやさしい民だ

霧のように湧いては消える神々よわれらが時世《ときよ》を愛しみたまえ

この邦のどこかに今もあるはずの息づく大樹よ　憑代となれ

2

島の辺を巡りて行かな　神々もいと楽しげに鬼火をかざし

寡黙なる滅びであった人気《ひとけ》なき島に灯明のごとく菜の花

虹色に何色か足らぬ玉虫が枯れ枝《え》にとまりじっと動かぬ

おそ咲きの花もちりぢり　神もまたひとりぼっちで帰る道がない

ひっそりと歳籠りする村である来る春ごとに人、離れ行けども

歌い交わす声は果てなしあの峰の夜明けの月が薄れゆくまで

罪咎を澪に預けて脱ぎ捨てし衣は波にたゆたうばかり

蓬つむ白きその手に光り集め昔の島の乙女が笑う

人の子は泣かじ泣かじと萱畳にあわれ十四歳《じゅうし》の爪たてており

後ろ手に文を賜いし姉上の墨に滲んだ春のあとさき

3

弟と契りしのちの静けさが闇に沁みゆく　躰《み》が透き通る

わが魂《たま》を呼び返すのはだれ　かろがろと空《うつ》の小舟は駆けゆくものを

露草のつゆに宿りし神なれば去りにし月日を映して光る

姉神が涙にくれたいきさつを芒と入日が噂している

夕闇は水なのでしょうほの白い二の腕がただ浮いております

惑星が傾きながら並ぶ日に白き腕《かいな》を捧げたてまつる

Ⅲ

残照

薄日

終焉《いやはて》の身に降り注ぐ薄ら日よ幼年の庭にわれをかえせよ

行く先は何処か知らず　滅じゆく薄ら日に白く晒されながら

罅割れた壁に凭れて啜るなり苦い理想の味の檸檬を

かにかくに一生二生《ひとよふたよ》は過ぎにけりいとも頼りなき流謫のうちに

観念の眼《まなこ》を閉じて座りおる狭い地球に囚われの身が

追憶

光る海に散らばる小《ち》さき島々の破船《ふね》は入江に打ち上げられて

振り向けばなんて小さな港町だんだん畑に彼岸花咲き

真っ白な曼殊沙華に触っちゃだめよ　口を尖らせ誰かが言った

白い花は残して斬った　追憶は髪をなびかせ夕焼けている

赤も白もまとめて不吉に懐かしく島の入り江を飾るか、今も

今生に父なく母なく夢も亡くあの日の小木刀《こだち》も見当たらなくて

光る海　見知らぬ時代の真ん中で思いはいつもあなたへ帰る

硝子戸

硝子戸のうすらあかりに頰を寄せそんなにもただ散りたいか花よ

晩年はうすむらさきのこころざし遠き昔のかぜかぜふくな

半麻痺の指を伸ばして爪を切る摑み損ねたあれこれ懐かし

測れない時間の束を置いてきたあの尾根道の続きが見える

ある甲斐もなきわが身と思うからやすらかですと　嘘も方便

硝子戸の頼りなき陽に影映しどのようにも散りゆく花よ

病室

人気《ひとけ》なき脳外《のうげ》病棟の薄闇に救済《すく》いのごとく携帯が鳴る

「失くしたものなんて何もないのよ」やさしき言葉を妻がささやく

真夜中の天使の囁き、さりながらもう覚悟している　ここまでかよと

さようならまた逢いましょうそう言って時の彼方に消えてしまおう

いきさつはすべて断片　月蝕の窓の向こうの遠き星々

リスボンの路面電車と光る風、ワイン抱えてあんなに笑顔だ

たまさかに手を取り合って歩みしはさびれて暗き伊豆の港町

手を放し置いて行くふり　老人と暮らすには君は敏捷すぎる

荒涼たる夜半にはあらずリノリウムの床の汚れがただ悲しいだけ

いきなりは別れを言えずキッチンで明りも点けずに泣いている　きっと

1　井戸

若水をごくごくと飲む病み上がりいつもの街が違って見える

そういえば見知らぬ世界、みながみな老いてさまようこの屋敷町

あれはもう幻なのか　出生率低下以前のすし詰め教室は

夢しかない若い日々からすみやかに越してきたのさ色なき団地《まち》に

遠い国の場末酒場の隅っこで宇宙の終わりをみていたかった

夕焼けとあの指切りに繋がれてつながれたまま老いていけたら

2

暗闇を集める深い井戸のような明日があそこで手招きしている

青い夜が呼んでくれたよ　ひそやかなそして僅かな悦びたちを

雑貨屋の黄色い灯り遠い星、まけるな負けるなコンビニ来るな

白い日々にそっと忍び込む灰色がいまも檸檬を封鎖している

だれも騙すつもりはなかった　いつだって自分で自分を励ましただけ

失われた時の小径を探しながら小さな段差にため息ついて
散り際の甘き香りが風に乗り救いの如く漂っていた

3

水たまりの揺れる三日月ありがとう夜が明けても夢は死なない

時が消した轍の跡を追いかけてここまで来たが　楽しかったよ

帰りくれば菜の花ざかり　恒星が、西村せつ子が終焉《おえ》たというに

はかなきは恒星とする恋ならん百億年でもう燃え尽きて

俺はもういつに無頼の深情け「さびしききみを夢にみるかな」

中空で待っていてくれ　今度こそもっと自在に生きてみようよ

昭和

1

あなたはもうはるか月影黒揚羽あんなに透いて　夢が届かない

黒田和美「六月挽歌」

二人して哭いて夢送り時代《とき》送り僕はもう心の背中がほら傷だらけ

魔術師の弟子になれたら　夜空行く見えぬあなたを呼び戻せたら

わたしだけの贋の歴史の日めくりにあなたの言葉を書き込みましょう

解かなければよかったような謎ばかり埋まっているのが歴史ですから

琥珀色のグラスの中の昭和なら「叩け揺さぶれ六月挽歌」

2

きれぎれの時を拒めばいいのです蒼い果実のままでいいなら

缶蹴りの缶の汚れた桃の絵のなまめかしさを覚えているか

暦から消された日々の青空は「年々歳々華やぐばかり」

半生を書き換えましょう堂々と床下深く過去を埋めて
万物を狂わせ溶かし無に還す時の雫が怖くてならぬ

俯いてぐらり首ふるノンノン人形壊れた世界を忘れないでね

懐かしい未来が僕等を待っているも一度暦を書き換えるため

3

ああもっと心を閉ざして行くために昨日の芒を踏んでいるんだ

もうだれにも逢うはずもなき夕まぐれどんな夢にも首振るだけさ

冷凍庫に保留しているこころざしあれがなければ過去は素敵だ

書き換えた暦を積んだリヤカーが村のはずれをしんしん渡る

落日の空に吸われし魂がいまも戦後を見おろしている

昭和史の狭間に揺れる灯火《ともしび》は面影滲む洲崎パラダイス

跋

前歌集から三十年の月日が流れてしまったが、本歌集には二〇〇六年以降の既発表作品のうち一部を収録しました。未収録の作品および一九八九年〜二〇〇五年の作品については、また拾う機会があるかもしれません。

最後になりましたが、三十年間歌集も出さず、怠惰であった私を、いつも暖かく遇して下さった月光の福島泰樹主宰と会員の皆様、そして最初から最後まで適切なアドバイスをくださった皓星社晴山生菜氏に、心から御礼申し上げます。

掲載誌一覧

「歌誌月光」　二〇〇六年以降の各号
「短歌往来」　二〇〇六年六月号
「短歌研究」　二〇一五年四月号・二〇一七年四月号
「文芸静岡」　二〇一六年十月号・二〇一七年十月号

佐久間章孔（さくま・のりよし）

一九八八年　第三十一回短歌研究新人賞受賞
　　　　　未来賞受賞
　　　　　第一歌集『声だけがのこる』（砂子屋書房）刊行
二〇一八年　第六回黒田和美賞受賞

連絡先
〒四二〇-〇八四一
静岡県葵区上足洗二丁目五番一-二〇一
電　話　〇九〇-六三五四-九七九九
メール　surouraifusakuma@s2.dion.ne.jp

月光叢書＊01

佐久間章孔歌集　**洲崎パラダイス・他**

二〇一八年三月三十一日　初版発行

著者――佐久間章孔
発行者――晴山生菜
発行所――株式会社皓星社
〒一〇一-〇〇五一
東京都千代田区神田神保町三-一〇
宝栄ビル六〇一号
電話　〇三-六二七二-九三三〇
FAX　〇三-六二七二-九九二一
メール　info@libro-koseisha.co.jp
印刷・製本・組版――精文堂印刷株式会社

ISBN 978-4-7744-0652 7 C0092